U0728788

爱在桂湖等你

周元红◎著

是不是有一种花，
可以一直开在心里不败，
仿佛一串珍珠镶嵌在时光之海，
顷刻就照见了前世的等待。

中国出版集团 现代出版社

图书在版编目（CIP）数据

爱在桂湖等你 / 周元红著. -- 北京：现代出版社，2024.11. -- ISBN 978-7-5231-1111-6

Ⅰ. I227

中国国家版本馆CIP数据核字第202492W5S7号

爱在桂湖等你
AI ZAI GUIHU DENGNI

著　　者　周元红

责任编辑　袁　涛
责任印制　贾子珍
出版发行　现代出版社
地　　址　北京市安定门外安华里504号
邮政编码　100011
电　　话　（010）64267325
传　　真　（010）64245264
网　　址　www.1980xd.com
印　　刷　成都现代印务有限公司
开　　本　880mm × 1230mm　1/32
印　　张　6.25
字　　数　150千字
版　　次　2025年1月第1版　2025年1月第1次印刷
书　　号　ISBN 978-7-5231-1111-6
定　　价　68.00元

香城有了灵芝香

——序周元红诗集《爱在桂湖等你》

余小曲

读周元红诗集之前，我们先来简单认识下这位来自雪域高原藏南林芝的女诗人。她说，小时候受父亲影响喜欢上文学，大学毕业后分配到林芝县委宣传部、县总工会工作，与文字打交道，有诗文作品在《西藏日报》《拉萨河》《拉萨晚报》等刊物发表。退休后，与在西藏某部军医退役，同时也善诗文的上校丈夫唐鹏远选择定居了香城新都。夫妻二人，均善诗文，这在文坛也是少见的，可称佳话。

周元红写诗，用她的话说，“在诗中遇见另一个自己”。是的，这个自己就是带着藏南灵芝般芳香诗意的自己。西藏灵芝，味微苦，醇香浓郁，恰好产在林芝一带。这里不必去探究生活中的她，诗是内心的独白，灵魂的再现，要彻底与“另一个自己”割裂是不可能的，或多或少都有其影子。这影子就如藏南灵芝一般，微苦而芳香浓郁。

她将这本诗集定名为《爱在桂湖等你》，桂湖，即升庵桂湖，最早可追溯到唐初，诗人卢照邻为官新都尉时开凿。桂湖成名于明代杨升庵开启的桂湖时代，素有“西蜀第一湖”的美誉。桂湖文脉千秋，卢照邻与郭氏、杨升庵与黄峨凄美的爱情故事萦绕千古。爱在桂湖，既醇香，又浓郁。或许《爱在桂湖等你》，也就有了更多，更特别的爱意。

这本新诗集，收入了诗人创作的两类现代新诗体，即格律体新诗与自由新诗。这两类诗体既有完全不同的审美观，又有共同的诗意本质，下面分别简单谈谈个人感受。

周元红是又一位受笔者影响而喜欢上格律体新诗的，短短几年，从尝试创作到走向成熟，并形成了自己的风格，结集出版，成绩不俗。她说："写诗要具有一定的美感，包括语言的生动性与音乐性，而格律体新诗刚好具备了以上两点，还有对称性更让人感到它具有与众不同的美感！"这无疑是正确的。

她的格律体新诗特点是善用"双行体"诗节，更具体的形式则有同步整齐式，如《春之歌》等；有变步整齐式，如《一边辜负一边深爱》等；有参差对称式，如《是一夜的雨水抖落了心事》等；有复合式，如《心问》等。周元红说她写双行体"是因为认为两行体诗节简洁大方，且朗朗上口"，这无疑暗合了格律体诗的审美范式。其实，双行诗节，作为新诗的美学形式之一，也是一种西欧诗歌的格律体形式，称为"英雄双韵体"，由第一位桂冠诗人约翰·德莱顿命名，并领导了英国17—18世纪新古典主义的诗风，名盛者如英国莎士比亚"英雄双行体"。此外，还有法国亚历山大双行体、德国四音步抑扬体等。而我国的古典诗词，从《诗经》、汉乐府、唐诗、宋词到元曲，如果依其语义分行，也可找到相应的双行体诗。而流行于我国西北地区的民歌体"信天游"更是典型的双行体，自由灵活，每两句为一小节，押韵，有的一节表达一个意思，有的几节组成一个部分，表达比较复杂的意思。当然，诗歌不论以几行分节，只要满足了自己的诗情表达，都是可以的。周元红的双行体，其语言诗化得体，自然，总能呈现出不经意的惊喜，如《垂钓我们的春天》“若有可能请借我一钢钎/冰河上垂钓我们的春天”，《月亮掉到了草坪上》“月亮掉到了草坪上/星星缀满我的衣裳”，尤其在两行间拿捏到如此地步，实属意外。

周元红的诗既是诗人内心深处的独白，更是一位母亲深情的寄托与渴望，也是纵情的歌唱。诗中关乎亲情、乡情、友情、爱情，情怀丰富。既有天真烂漫，也有彷徨与释然；有或淡或浓的忧伤与疼痛，有无奈与期待，有执着与坚定，情景交融。

她善用起承转合，反复咏叹，能在结语处跳转，收放自如。多用排比性诗节，激发其情感的阵阵波澜，或轻柔，或排山倒海，大有回望《诗经》的风味。她写花：如海棠、桃花、紫藤花、菊花、荷花等，在诗中借用各种花语，表达其欢欣、迷茫、惆怅、释然的情怀。写疫情的诗也充满着对重生的寄盼与信心，写祖国的诗则充满着坚定。对新都城市发展变化的歌赞，对新都历史人文的感怀，也不乏桂湖元素等等，小我与大我都得到了呈现。

当然，也存在不足处，如排比性诗节过多，会显得比较单一，诗意不足时会显得更加单调；给人亦如看到波浪，但波澜不惊之感。当前，格律体新诗创作形式，日趋成熟，在遵循押韵的规律性和节奏对称性两大基本格律要素前提下，不论是整齐式、参差对称式，还是复合式都“具有无限可操作性”（诗家万龙生语），希望今后大胆开拓其创作形式，继续为中国格律体新诗发展增辉添彩!

她的自由新诗，总体来说中规中矩，这种“规矩”是因为自由新诗百年来，至今尚无统一的审美规矩，往往依据各自的审美取向而论。笔者比较欣赏以简洁的语言表达深刻的主题，简洁而不简单，语言诗化而有张力，有意会得到的张力美感。

总体来说，《爱在桂湖等你》选入的自由新诗，抒情直接，心境明亮。对大自然、对生活、对人生、对亲情、对爱情的歌赞与热爱，抑或感悟与思索，抑或对生命的怜惜与敬畏，彰显出浓郁的个人情怀体验。

她的诗，语言朴实，娓娓道来，诗意盎然。文笔细腻，不乏女性诗人的婉约之美，一些诗题本身也是精致的诗语。虽然直接抒情的表达，语言的张力有所欠缺，但作者能从平淡的语言中找到恰如其分的诗话，能使语境、意境与诗境有效的结合。如《风的选择》“如果你有你的方向/请你一定选择健康、快乐和阳光/用你纯净的目光/洒向世界每一个角落、村庄”。一些诗篇，能读出诗人隐隐作痛或有所不安的心境，但也渴望着美好，如《寻找太阳》《尘世穿梭之生命之光》《早上，一切都好》等。笔者认为，一个可以称为诗人的人，他一定有让你冲动或为之一振的诗语，周元红的诗中不乏这样的句子，如“爱情啊，你不要开花/在这冬雪飘飘的时节”。爱情是人类永恒的话题，一个从西藏雪域走出的诗人，爱分明得更加炙热，足以烤化雪域冰封的阻碍。正如《七夕，他们的爱跨越了多雄拉山》“当寒风奔袭、相思阻挡在/多雄拉山口的皑皑白雪/他们在通信电台大声呼喊/

两颗滚荡的心靠电波紧紧联结”。

当然，也有部分诗作场景、物象的转化略显阻塞，显得思绪仓促，或许这就是诗人此时此刻情怀的本真吧。

我相信，这本诗集能为中国诗坛再添新的风景！周元红作为新都的新市民，让自古人文荟萃、文脉繁衍的香城无疑又多了文气！

(余小曲，笔名晓曲。中国诗歌学会、中华诗词学会、四川省作家协会、四川音乐文学学会会员，四川省诗词协会格律体新诗创研会会长，四川省散文学会、四川文化艺术发展促进会、四川文艺传播促进会理事，《格律体新诗》诗刊主编，成都市新都区作协常务副主席。作品在国内外数十家诗歌文学刊物发表并入选多种选本。出版诗集《视线内外》《余音未了》、诗歌合集《在阳光中绽放》、文化专著《五格文化》等。)

目 录
CONTENTS

| 格律体新诗 |

| 自由新诗 |

格律体新诗

春之歌

春的语言传递浓浓爱恋
春的流水弹奏乐曲绵绵

春的翅膀飞扬金色平原
春的菜花摇曳亮丽裙衫

春的桃花染红雅江两岸
春的美人含笑站在身边

春花灿烂映照皑皑雪山
春夜和风引动思绪万千

春的早晨霞光抚摸窗帘
春的细雨洗净心中忧怨

春的脚步已萌发在枝间

冬之严寒在雪花中飘散
春的脚步已萌发在枝间

大地凝露暗藏春光无限
海棠在密林中悄悄旋转

阳光绽放在清晨的花瓣
娇笑的面庞化作了春天

你用一双巧手绘就画卷
我用心中热流追逐华年

漫花半日狂，揽玫入梦乡

如果站在高冈之上
代表拥有了太阳的光芒
怎么会不知道一个人的心伤

如果站在玫瑰树下
代表拥有了爱情的芬芳
如何会忘记星空撒下的大谎

如果站在漫花桥上
代表拥有了明天的辉煌
不必仰望神殿中耀眼的华冠

风想送你花的馨香
花却带给你阵阵的迷茫
站在风口轻轻捧起花的裙裳

云想与你花海逐浪
浪却让情思止不住飞扬
醉成金辉慢慢舒展心的翅膀

如果你想再次疯狂
漫花半日足以让心激荡
好梦易得苏醒在姣美的晨光

一边辜负一边深爱

你，迎风而来，
她，披墨而黛，

水，潋滟光彩，
莲，跃水而开；

天空，在水波中徘徊，
真情，在辜负里深爱；

她，头顶红玉入海，
你，从未走出她怀！

心一旦放松梦便会放空

一只巨手将他紧握
在居民楼前上下穿梭

晌午阳光不算热灼
工程车旁有人正路过

不是被它拽向高空
便是心甘情愿被掌控

人一旦升空心会失重
心一旦放松梦便会放空

有时候道路不在脚下
身体灵魂在空中挣扎

冰河上的春光

一

在荆棘丛生的道路上行走
有注定避不开的眼泪悲愁

不会再害怕针扎般的疼痛
生长在雪山岂会惧怕寒冬

在黑夜多于白日之地彷徨
有注定躲不开的阴冷凄凉

何不让千疮的心凌空飞翔
在冰河解冻之前放飞悲伤

陶醉在花开时期

站在依山而建的石梯上远望
心境随长江上的游轮而前行

天气是一如既往的晴空万里
白色楼群上掠过云朵的身影

万达广场内人潮人海般拥挤
驿动的心找寻不到一丝平静

精品屋传来少年的欢声笑语
美食街飘着饭菜诱人的香气

风中放飞一颗自由无羁的心
徘徊的脚步纠结着旧的记忆

如果不是你的世界充满新奇
她又怎么会陶醉在花开时期

垂钓我们的春天

徘徊彷徨在漫长的寒冬
自从你迷失在光影星空

静静伫立在冰冷的心河
从不知它会在何时暖和

时光流转痛苦从未弱减
明知道你会恩赐我冷淡

无奈还在心中澎湃汹涌
在夜半时分凉透到前胸

熟悉到陌生犹有真可留
让你欲罢不能欲迎还休

漫长冬天三尺的冰深冻
飘扬大雪三九的寒相送

若有可能请借我一钢钎
冰河上垂钓我们的春天

你是银城一道风景

你是银城一道风景
天生丽质满含深情

微风吹过街边窗棂
悄悄送来浓香入心

晨曦洒满春归柳林
樱织粉衫东湖泛青

你的汤汁，雪白蜜甘
你的粉丝，香糯柔软

清风滑过干涸的心
琼浆滋润夭桃秾李

你啊，不经意地走来
催开银城一片花海

愿你扬帆在前路

我，已形神俱枯
你，却依然如故

是什么牵走了你曾经的执着
让你欲海沉浮不知春秋几度

我，已倾力劲舞
你，却难以悔悟

是什么迷住了你纯真的眼眸
让你恋上幻影星空再次迷途

走遍千山尝遍人生万般的苦
心裂成帛唯愿你扬帆在前路

是什么原因让我爱上了这片苍穹

是什么原因
让我爱上了这片苍穹
是远山环翠遍地樱红

是什么原因
让我怀抱红樱心在猛跳
还是因你站在樱云下微笑

是什么原因
让我依偎樱枝无情可撩
是你手提篮筐将热烈缠绕

是什么原因
让我仰望太阳无力疯狂
是无数的甜蜜已化成琼浆

是什么原因
让爱在梦想的枝头膨胀
变红红翠翠意浓竞相芬芳

饮一杯酸奶的清凉

饮一杯酸奶的清凉于喉间
曳一袭绿裙与君漫步街边

享一杯酸奶的甘甜于舌尖
品味她热情的微笑在心田

饮一杯酸奶的滑润于唇边
回想她温和的话语在耳畔

暗夜中牛乳的芳香在流淌
她看似随意的馈赠去流连

诗心在淡蓝的天空里飞扬

诗情在洁白的云朵中放歌
诗心在淡蓝的天空里飞扬

美人在路边的绿荫下梳妆
红花在绿袖的掩映下怒放

黄花在碧叶的簇拥下轻舞
美人在阳光的抚摸下吟唱

楼阁在碧水边揽镜自照
游人在河岸边闲谈欢笑

诗意在美好的景色中沉醉
我们在花开的小径上凝望

愿你忘却忧郁，沐浴万丈霞光里

纵然如雪的心渴盼心灵的相吸
却任由它飞翔沉沦至深山谷底

站在临江阶梯上眺望长江夜景
两岸灯火与江上游轮互相辉映

不是不相信生生不息深情爱恋
怕只怕欲托此心风不清月不明

任长裙飘飘在晚风中摇曳生姿
让落寞的心翩然飞向浩浩星际

愿赏日出在水天一色的碧海边
忘却所有忧郁沐浴万丈霞光里

月亮掉到了草坪上

月亮掉到了草坪上
星星缀满我的衣裳

我在用星光画美丽的家乡
我的亲人们今天齐聚一堂

祖祖的银发贴上我的脸庞
我的小嘴柔软了姑婆心房
外婆外公簇拥在我的身旁

高铁的脚步请你别太匆忙
我想再次将家乡亲人凝望

秋之恋曲

秋的语言包含了稻谷丰收的日记
秋的黄昏溢满了恬淡舒适的气息

秋的树林穿上了金光闪闪的锦衣
秋的原野铺上了五彩纷呈的纱丽

秋的月亮升上了云朵飘动的天空
秋的菊花点亮了小径的平淡无奇

何不携手而行扑入浓浓的秋色里
穿行苍茫世界不再感到无所可依

何不忘记忧愁亲吻秋的芳香甜蜜
终于走出山谷再次缩短心的距离

灿烂的面庞比不了清晨的阳光

灿烂的面庞比不了清晨的阳光
夺目的光辉映不亮谷底的迷茫

野径的云朵在幽暗中用力绽放
风雪的高原格桑花吐露出芬芳

曾经的姣好不过是过往的云烟
今日的沉默才会有风轻的情感

白裙的女子已然渡过银色沙洲
红衣的女人无法自顾秋霜袭喉

总会在芳华初放时候年少轻狂
总是在秋叶席卷之际掩面神伤

一树树金桂让一个城浴满馨香
一句句金句令一个人心存梦想

走过了四季城市拂去昨日荒凉
走过了高山流水放弃往昔彷徨

心 问

有什么事不可以忘怀
当你在大地的胸中徘徊

有什么人还可以等待
当阳光抖展着笑脸而来

有什么真诚还可以期待
千般追寻陷入负心之海

有什么花开在雪山不败
无尽迷惘只为那片天籁

谢谢过往红尘的遇见

谢谢过往红尘的遇见
爱或者不爱皆是因缘所现

站在荒芜的原野之间
凝眸处已无力向昨夜璀璨

冷酷的眼神让心不再期盼
在沙尘之地已习惯了泪眼

且将裂帛的痛暂存在晨昏
让灵魂在天尽头细细包涵

想裁一片蓝天做一件衣裳
轻轻地披上你疲惫的肩膀

想揽一束阳光藏在胸膛上
悄悄地驱散你心中的惆怅

想剪一枝柳丝贴在镜框上

静静地放飞你尘封的渴望

想掬一捧碧水放在手心上
慢慢地擦去你眼前的蛛网

摘一朵金菊在过往的时光
淡淡的伤怀遗憾到一点点

纵然人世有你未知的荒凉
尽管向前你不用为我迷恋

心之安处即吾家乡

流年已远昨日难现
故土远离乡音改变

山峰耸立松木参天
堰塘清澈映你笑脸

篱墙青瓦筑就小院
鸟鸣枝间喜炮连线

老翁清晨手搓汤圆
儿子烧火围坐灶边

儿媳孙儿尚在睡梦
客人何须紧赶慢赶

晚睡客人和衣堂前
心灼其母侍在屋檐

悠悠此心已见南山

青青子衿藏你心间

紫气东来此处繁衍
鸡唱鸭鸣祥云四环

听巴山夜雨润西窗
此心安处即是小园

相聚雪域老兵吧，共同守护我们的精神家园

仿佛五百年前我们曾经相识
今生有缘我们再度相遇相知

圆圆的脸庞带着明显高原红
热情的眼中漾出清澈的笑容
是什么神奇的力量牵引彼此
让素未谋面的我们心意相通

久仰大名今日终于见到了他
他就是雪域老兵吧主编茂戈
在金阳照耀微风轻拂的暖冬
我们相聚波涛不兴的府南河

难道是飞雪的查果拉山哨所
迎来美丽的星火如仙女降落

难道是布达拉宫飞来的祥云
端端罩在您我不年轻的面影
难道是大昭寺前祈福的信众

让您我的欢聚充满深远意境

西藏的军旅作家诗人陈茂兴
照亮了无数官兵眼中的深情

为了天边这一片净土的安宁
脱下戎装的您依然红心不变
为了壮丽山川的大气和豪迈
真情倾注绘成幅幅大爱画面
军人军嫂军二代相聚老兵吧
一起书写雪域官兵感人诗篇

就让我们手挽着手肩并着肩
共同守护老兵们的精神家园
让红旗永远飘扬在雪域边关
让忠心红遍圣洁美丽的高原

晶莹的眸光换不回你一次痴心

过往的回忆纠缠是否爱的症结
晶莹的眸光换不回你一次痴心

阳光轻轻地飘洒进昏暗的舞厅
冰冷的心是否还涌动一次热情

经年的雨滴飘落在荒芜的田野
似曾相识却已不是梦中的身影

回望的眼看不透你眸中的深意
蓝澈的海水依然轻轻拂动衣裙

沙漠中行走的人常常内心焦渴
期盼啊绿洲一眼甘泉能否抚平

她盈盈一笑犹如风中一枝玫瑰
轻易俘获了一颗青春懵懂的心

心之旷野在寻找着奢求的恬淡

心之旷野在寻找着奢求的永逸
夜之长风正凌虐着纠结的思绪

花之衣裳正绽放在甜美的梦里
酒之甘醇正酝酿着瑰丽的希冀

水之澄澈在演绎着山岭的秀色
爱之浓烈在散发着诱人的芳泽

茶之清香正飘溢着飞雪的洁净
乐之清悦在弹奏着溪流的空灵

桃之红艳正慰藉着母亲的失落
乳之酸甜在清凉着沙漠的焦灼

拨开迷雾愿你看到人间真心

灼热的秋阳不解千年的风情
闹市穿行携一颗迷惘的痴心

缤纷的美食不慰灵魂的饥渴
突袭的病痛令夜晚不再宁静

倾盆的大雨不减天气的燥热
莫名的无助让心情不再安宁

点亮吧我的尘世一片片荒芜
浩瀚星空闪烁着无数颗星星

她曾经的温馨依然令你痴迷
拨开迷雾愿你看到人间真心

如果时间还可以再一次重来

他们原是蓝天上的白云两片
一片在金灿灿的田野挥雨洒汗
让幼苗茁壮成长变稻穗万千
一片在银闪闪的杏林挥舞旗杆
除顽疾让枯树逢春生机再现

他让干瘪的稻米一步步丰满
金光中滚落珍珠般白米一石石
饥寒的身体因温饱而返春暖
他让绝境的患者扬起生命风帆
力搏病魔撕破黎明前的黑暗

如今两条大江大河已归沧海
千万里绵绵稻香已紧附着尘埃
纵情田园原来只是为寻旧爱
挥剑斩妖只为芸芸众生一代代
化腐朽生神奇天上人间百态

如果时间还可以再一次重来

他们未竟的事业一定会更光彩
他们虽已消失在茫茫的大海
但滚滚稻浪必将充实九州天籁
天使的光环将继续笼罩四海

唯愿飘扬的白发可以牵系一颗真心

昨夜的风吹开了一株带露的玫瑰
今天的雨融化了一束无言的心语

似乎穿行于那一片片记忆的丛林
想要忘记却无法停止纠缠的思绪

微笑的脸庞不能温暖那颗冷漠的心
迷人的歌声回旋在那条漫长的小径

青春的蓝裙曾照亮那双渴望的眼睛
在秋叶飘飞的原野掬捧炽热的深情

岁月的流水冲淡了似曾相识的感觉
时空的转换扭曲了人生最初的迹印

当阳光再一次轻抚昨日麻木的神经
些许的刺激也会触痛你受伤的心灵

当亮丽的背影已在秋风中渐行渐远
唯愿飘扬的白发可以牵系一颗真心

倾尽芳华只为系住一生牵挂

我，牵来了朝霞的欢爱
迎风掬起了你博大的胸怀

你，倾尽了所有的芳华
只为了系住你一生的牵挂

风，吹动了金灿的秋啊
只想寻回昨日的青葱之歌

云，堆积了层层的忧伤
何不让清风吹开它的迷惘

发，悄悄覆了一层白霜
何不让灵芝恢复它的黑亮

我已磨好了五色的谷粮
用爱心催化青春定会返航

是一夜的雨水抖落了心事

是一夜的雨水抖落了心事
是否，有伊人的面影映红了朝阳

是游弋的红鲤飞驰在眼底
是否，有伊人的眼泪滴落在池塘

是遍开的美人蕉暖润了晨曦
是否，有人欢笑有人在小径彷徨

是含水而开的莲浪漫了心潮
是否，有伊人手捧紫玉更为娇娘

你穿过黑暗，带来春的真情

不想丢失看星星看月亮的心情
忘记忧虑抛开痛苦在夜晚穿行

有谁知道天上的街市何等绚丽
千万盏华灯瞬间点亮东湖胜景

湖边的翠柳摇曳着妩媚的身影
深情的歌声飘扬在湖边的小径

有谁知道人间的天堂何等难觅
无数朵秋菊瞬间璀璨秋日梦境

不想探寻幽暗山谷的难解之谜
轻甩秀发掠过溪流满心是欢欣

有谁知道罅隙中小草潜藏生机
多少次穿过黑暗带来春的真情

灿烂金桂芳香了尽情绽放的新都

狭窄的街道上挤满了赶集的人群
纷飞的尘土掠过女孩洁白的衣裙

低矮的房屋里蜗居了一家几代人
杂乱的市场回荡着小贩的叫卖声

古老的城市犹如还在静寂中沉睡
昨日的新都仿佛明珠遮住了光辉

改革的东风吹开了天空中的云层
含笑的桃花染红了奋斗中的香城

升庵的高洁熏陶了数代文人情怀
黄娥的痴心诠释了女子坚贞情爱

西部大开发推动了新都崛起脚步
林立的高楼织成了梦想中的画图

桂湖的碧波滋润了夏日出水芙蓉

政府的鼓励促进了乡村经济火红

飞腾的巨龙横跨了美丽城市上空
日行千里的夙愿终于达到了成功

党的光芒照亮了砥砺前行的道路
灿烂金桂芳香了尽情绽放的新都

紫藤花开动新都，百年深情寄桂湖

是不是前世之缘今生再续
紫藤花开瞬间灵动新都

是不是升庵黄峨相携相扶
缠绵五百年深情寄桂湖

是不是她的笑容红了石榴
花开之时已注定了守护

不曾想大雁南飞不曾回头
她的眼泪如断线的珍珠

从此后思念如水大雨如注
她的心海再无欢笑长驻

是不是明日黄花再现墙头
万千金桂挹锦门前飘拂

是不是南行之人已经回首

日行千里泪水不再流露

不承想相隔关山却如咫尺
痴心不改换来浪子返蜀

看桂湖碧波映红出水芙蓉
千年之约飞龙在天袖舞

愿所有真心从此不被辜负
美丽香城原是九天开出

冰冷的心回温在春暖之际

冷雨飘洒的夜渴望一些真心
略感冰凉的手期盼一点温馨

也许这个世界一直如此离奇
腾飞的翅膀飞不上冰雪之地

拥抱你的故事让昨日随风而去
揭开层层迷雾令阳光喷薄而出

秋雨中的绿树滴落了一些水珠
道路旁的花朵描绘了一张画图

顺手撷来些许时光沉淀入记忆
随意采拾段段文字如颗颗珠玑

似曾熟悉的关怀惊醒梦中之人
冰冷的心也会回温在春暖之际

三生三世宸汐缘

御风而行浩瀚天空里
只为寻找梦中的倩影

他上万年的痴心守候
只为寻回她一颗芳心

生命在轮回中再次重启
明眸皓齿再现旧日容仪

三生的桃花开遍了山谷
遗世的村落点亮了尘俗

飘逸的身影在眼前出入
再次相拥已是隔世花絮

她已步入他的女娲炼石
深情治愈了他万年寒疾

当痴心又一次感动天地
他和她携手在灿烂花季

回首时那份温暖依然一如既往

隐隐的疼痛牵扯着脆弱的神经
急急地奔跑风中的花掠过脸庞
轻轻地抚慰让心中的暖流流淌
悄悄地欣赏红玫瑰在花瓶绽放
傻傻地盼望一束粉云云南飘来
慢慢地思念看见佳人在水一方
细细地嗅闻花间一点一滴芬芳
默默地领悟生活一丝一缕阳光
纵然历经千帆
回首时那份温暖依然一如既往

一只细蚊的疯狂

在你看不见的角落
蒲公英吐露着淡淡芬芳
在你看不见的地方
细蚊潜伏了一夜的疯狂
你缓缓走在我身旁
我的尖叫引来你的目光
你的兰花指在飞扬
它的尖嘴叮在我指腹上
你说过蚊子的凄凉
倾尽一生为一刻的欢享
你用六神封住痛痒
我六神无主任由它逃亡

飞雪茫茫尘世无哀

时空辗转抓不住今生之前
三千里路云和月只盼相见

人生蹉跎稚嫩的手如何牵
心境飘移灵魂的痛谁人怜

浮萍般的生命原无可眷恋
突然间的心悸让命如梦魇

三十万飘雪浩浩荡荡而来
洗尽尘埃让飘絮忘记悲哀

您脉脉的眼光丰盈了我荒芜的心

无羁的心穿行过繁花闪烁的草地
跳动的舞步明明含着丰收的欣喜

无欲无求静静地仰望蓝天的晶莹
绽放的笑容轻轻拥着亲情的温馨

一次次追逐白云青松的剪影
一遍遍放飞自由奔放的心灵

阳光亲吻的原野有不容忽视的暖意
绿裙飞扬的仙女有一见倾心的美丽

站在无垠星空下企盼灿烂的黎明
您脉脉的眼光丰盈了我荒芜的心

心潮已涨翠湖水降初心可见

夜的星空托不起一颗飞翔的心
踟蹰的人看不透世间的冷和冰

逆风而行不过是为了寻找晨光
撕黑幕托起一轮红彤彤的太阳

不再哭泣让往事阴影随风飘散
握紧心底的温柔悄悄凝聚热恋

咸阳的夜雨席卷了少女的痴情
林芝的春桃正好映红伊人面影

东湖的碧水再次来到眼前涌动
初冬的银杏挥洒树叶恍若金龙

野鸭在水一方追逐夕阳的渴望
你我岸上流连让思念浓缩佳酿

心潮已涨翠湖水降初心犹可见
此情可待日月天上人间已千年

一串串诗行串起优美的珠玑

一串串诗行串起优美的珠玑
一阵阵相思撩开新年的嫁衣

一幕幕往事缀满爱情的泪滴
一片片红叶浸透甜蜜的回忆

一张张照片留不住他的背影
一个个美梦藏不下我的身形

一条条溪流欢快地唱响流韵
一弯弯秋月深情地缝织婚裙

时光荏苒减不去心中的爱语
岁月更替挡不住饱涨的思绪

不是不愿就此放飞我的心事
怕只怕睡梦里都是您的气息

你可不可以为我停留

你走在我前面总是欢喜
让我筋疲力尽地追着你

阳光很暖却不是很温柔
我滑倒时却遇到双暖手

来不及看清身影已远走
抬头看见你回望的双眸

摔跤的伤痛纠缠着肉身
夜晚的黑暗刺疼了心神

再次迎接雪山花开的蓝
灿烂的梅花像你的笑脸

多想紧紧握住你的双手
不会迷失在黑暗的街头

脚步可不可以为我停留
让受伤的话语不再左右

你问我秋菊为何不说话

一丛生在路旁的野菊花
一任秋风起落叶飘
兀自绽放出她的芳华

你静静地走在她的身旁
一任秋草妒秋霜冻
眼中心中唯有她的面颊

你问我秋菊为何不说话
一任花瓣卷成金发
缕缕秋思打湿她的俊雅

虽然不懂秋菊为谁痴狂
但开不开放在于她
欣不欣赏在于你眼下

也许当繁华落尽的时光
唯有秋菊依然璀璨
犹如一轮寒冬里的暖阳

歌若飘飞歌亦飞，情若沸腾情亦沸

不知道风在哪一个方向吹
风的执着，云的忧愁
在此刻，全化成这一泓绿水温柔

不知道雨在哪一个方向飘
雨的多情，水的浪漫
在此刻，全变成这一园欢歌轻啭

不知道伊在哪一个方向唱
船的漂泊，她的婀娜
在此时，全凝成这一束眸光热灼

不知道锅在哪一个方向沸
汤的雪白，虾的微妙
在此时，全聚成这一庄仙雾缭绕

不知道你在哪一个方向飞
歌的飘飞，情的沸腾
让我们，全汇入这一镇辣味美声

是不是有一种花，可以一直开在心里不败

是不是有一种酒
喝过便会忘记所有忧愁
如同一串葡萄挂在无垠星空
转瞬便变成了美好的未来

是不是有一种花
可以一直开在心里不败
仿佛一串珍珠镶在时光之海
顷刻就照见了前世的等待

是不是有一种蜜
尝过便会消减所有伤害
好像一滴琼浆滚入干涸的爱
分秒就滋润了今生的无奈

是不是有一种爱
爱过就会看到春暖花开
恍若一股清流注入尘封的脉
一念永恒不一定面对大海

天边曾绽放的可是一朵灵芝

静坐在冬天的三百六十度转角沙发
夜的羽绒暖不热僵冷的手指

有的人转过冷漠的脸枕上梦之珠花
多年前村口的一别不舍依依

有的人静坐在岁月针毡上以梦为马
天边曾绽放的可是一朵灵芝

有的人摇摆在光影幻象中游弋戏耍
纯真眼眸曾如秋水清澈见底

白发的女人已然淡忘了青春的风华
夜的深寒侵袭了薄薄的秋衣

似曾熟悉的笑容出现在梦中

似曾熟悉的笑容出现在梦中
拈花而来的清风荡漾着温柔

芳华的人生充满难言的病痛
少女的眼眸中曾经满含忧愁

一纸鸿雁飞载了陌生的问候
犹如缕缕阳光洒向幽谷花后

遒劲的文字传递兄长的关怀
帅气的军服彰显军人的风采

热情的目光体现乐观的心态
点滴的相珠化成浩瀚的大海

挣脱桎梏从病痛中走了出来
女孩的人生呈现了斑斓五彩

天空给予了大地无限的恩情

大地回望天空以万物的机灵

时光之河回复不了青春之霖
让白发千丈去掬捧一片真心

天，再高，高不过思念的翅膀

天，再高，高不过思念的翅膀
心，放飞，何惧这四海的荒凉

既然此生注定了没有一个方向
何处话寂寥何必在意心的彷徨

梦境中的故事透支了人的想象
不管面孔如何冷漠依然要飞翔

一只骆驼跋涉在大漠深处的苍茫
一双眼眸凝望着沙土飘浮的前方

干渴的嘴唇寻不到一泓甘泉入酿
无助的眼神看不清这世上的荒唐

今天，我不关心新增

今天，我不关心新增
新增的只是数字的冰冷
我只关心数字后曾健康的人

今天，我不关心降温
降温的天气秋凉正加深
我只关心降温后核酸点的人

今天，我不关心爱神
爱神已出差追它不可能
我只关心口罩下涔汗的女神

今天，我不关心云层
利剑出奥密克戎正狂奔
我只关心白云拥抱着的蓉城

六天居家不扰乱心神
清空的市场复活在清晨
慢下来的成都定会疫尽重生

风中的柠檬终于融入一江深情

——悼傅天琳老师

霜降之日雨声依然淅沥
那些语声似乎已连着她的梦境

菊开之际面容依然清丽
那些乐声似乎已触及她的诗心

果熟之际本味长留记忆
风中的柠檬终于融入一江深情

别忧伤果园之门已开启
缙云山的风吹送果香钻入魂灵

缪斯已带高洁之莲飞离
他日返回该是另一番神奇光景

风中的花是不是一朵飘飞的云

风中的花是不是一朵飘飞的云
雨中的风会不会注定不可能合群

如果梅花是你前世注定的姻缘
樱花是不是令你今生不变的眷恋

如果桃花是她今生所选的嫁衣
黄花风铃木是她前世闹腾的婚礼

风卷落樱所谓伊人已不胜酒力
在水一方只看见菖蒲花已醉成泥

春风化雨雨打花影旧情已忘记
颤抖的手轻抚眼角泪水模糊记忆

谁在春寒料峭中轻轻拥抱低语
冷漠的眼神让鸟窝落地再难相聚

十月，一艘巨轮的起航

透过一道暖阳寻找秋的味道
分明看见七色光编织的无边情网

在霜降的时分迎接春的来到
不用怀疑一束玫瑰在光芒中绽放

拥抱一方晴空寻找心的喜好
栾树依旧用红色的灯笼点亮远方

虽然还有豺狼在暗夜中号叫
光明将一缕缕撕破黑色幕布张张

一条巨龙已渐渐地屹立东方
一艘巨轮正在击开浊浪扬帆起航

终于等到了你，在花开的时候

她们，站在街道两边
便是一位位金甲卫士护你周全

她们，开在高高树巅
便似一张张深情而灿烂的笑脸

她们，牵手如洗蓝天
千年的相思只等这一刻的缠绵

我们，相逢疫后春天
三十年前的少女一样风姿翩跹

我们，相拥公园湖边
狂热的心还如往昔一样的无染

我们，相叙锦里茶园
终于等到了你再续同学的情缘

黄花风铃木点亮的长街是洗面
友谊之花照亮的是岁月的灰暗

你只知道她的美，不知道她的痛

当丰硕的石榴如涨红的脸颊
你看到的只是它收获季的富饶
看不到它在晨曦前挣扎的痛苦与煎熬

当鲜艳的玫瑰似爱情在怒放
你看到的只是她阳光下的姣好
不知道她如何历尽冬寒迈向夏的骄傲

当一片枯叶与一朵红荷拥抱
你只知道秋天已经悄悄地来到
哪里会明白无心之荷不知如何才是好

桃花与蜀诗，开在了龙泉

一朵桃花，打开了诗心
在龙泉随春风年复一年唱吟

一朵桃花，像一只风筝
飞过千山只为寻找诗中缘分

一朵桃花，仍绽放柴门
相信今天的崔护会用情更深

人面桃花，映红了龙泉
唐诗宋词婉约了蜀中的红颜

一卷蜀诗，穿越了千年
牵手龙泉点燃三世桃花之恋

一群孩童，是桃花之源
声声吟诵照亮了蜀都的明天

思绪如风　风景似画

人生在迷惑中寻觅真实的意义
树林在山谷编织翠绿色的衣裙

凌空穿行只为放飞我们的心灵
碧波环绕正依恋着群山的宁静

藏身洞府只为求得暂时的安心
五龙擎天正渲染着仙境的神奇

思绪如风风景似画
阳光点染满眼绿意

只是那不经意的相遇
此生便与您紧紧相系

让阳光洒满你的心谷

静默中我睡了
黑暗中我找不到阳光

悲泣中你醒了
你的身影是那么寂寞

你是在纠结那童年梦中的背影吗
泛黄的照片看不清母亲的悲伤

你是在捕捉恋人脸上的欢笑吗
天气多变总会有阴雨敲打门窗

你是在记忆之河中采撷浮光吗
宣泄的浪花竟无一片可以封装

当风雨已过静心掬捧阳光万丈
驱走心中的黑暗照亮你的远方

一张席子的深情

生长在阳光下的竹啊
如何变成了
竹席

清香，从竹席中透出
妩媚，由晓花中生凉沁
一张竹席的生机

生长在阳光下的蔺草啊
如何变成了
草席

淡雅，从草席中闪现
清丽，由亮绿中漾柔情
一张草席的心机

天热了，买张凉席吧
一面是翠竹，一面是蔺草
正反两面，都是深情吗？

奔向牡丹花盛开的地方

如果风可以告诉我寒冷飘袭的理由
我愿握紧你的手逆风而行不再漂流

如果雨可以告诉我冬季到来的源头
我愿放飞我的心凌空飞翔不再忧愁

如果你可以告诉我文采飞扬的诀窍
我愿倾听你的话潜心写作不再烦忧

望穿秋水只为了寻找梦境中的模样
不断摸索只为了实现孩童时的理想

不要犹豫不要彷徨看清前进的方向
不再留恋不再怨尤直奔牡丹的海洋

登临太白岩，许你一世花开

买上一瓶矿泉水
便可踏上到太白岩山顶之路
一路的山风不是不温柔
只是阳光所到之处心事不敢停留

牵着你劳作的手
就可直奔山顶公园寻找风流
一路的山花不是不清秀
只是眼光所到之处青春不再回头

拥着蓝楹花的脸
便可在五月的蓝天寻找从前
一山的绿意不是不深厚
只是清波流转之处时间已过千年

牵着粉荷的绿裙
就可在太白岩山顶寻找温暖
一山的诗情不是不执着
只是红绿相聚之处莲香刚刚弥漫

如果，你不曾爱过我
至少，你曾经爱过太白岩
登临太白岩，许你一世花开烂漫

有你们陪着便好

花之梦
叶之灵
春的好
有你们陪着便好

琴之弦
歌之魂
光之舞
心有所系便好

亲之近
爱之深
情之魅
心无怨言便好

绿野无风
花开新都
愿逐月华
携手幸福

明前的怀念渐渐化不开

一片油菜花
足以渲染这片乡村
阳光般的金灿

一片豌豆花
可以摇动这块土地
银铃似的花瓣

一片春之竹
也能催开绿色的海
明眸样的情深

一泓春之水
也能滋养乡村之鸭
春阳般的温暖

一季的春风已吹开了山谷
淡淡的花草香淡淡地入怀
明前的怀念渐渐地化不开

这个冬天不寻常春城一夜白首

蓝天下的纸鸢不停地上下飞翔
东湖的粼粼碧波倒映着灿烂的金阳

任长发随风金菊满眼不再惆怅
看白鹭纷飞掠过湖面用心掬捧神光

任行人侧目你我之手紧紧相握
看蜡梅怒放枝头舞动嫩黄色的花朵

任冬日的冷雨飘过添霜的额头
看漫天的片片飞雪洁白了成都街头

这个冬天不寻常春城一夜白首
南方的温暖交换了日光之城的冰霜

你的倾心之恋是否让时光倒流
红颜已老的脸是否你眸光所到之处

佛是一座山

佛是一座山
佛就在那里，不言、不语

山是一座佛
山与佛同体，相偎、相依

你，为了看佛
依山而行，想与佛靠近

她们为了看佛
贴山而挤，心与佛远离

山，依然那么青
水，还是那样碧

佛，就在那里，那么安静
他们，人声鼎沸全然未听

栀子花开香满银城

栀子花开香满银城
风中含笑让生命努力绽放

执尔之手逛遍全城
湖送清风让美丽用力驻足

无边无际的爱如大海
夜的温暖亦有尔清纯之心

心中默念我爱你中国

一棵树的生长，需要空气、水和养分
一颗空寂的心，需要什么东西来滋养

领水浇水施肥，隔屏看果树迅速生长
看山看水拍照，尽情赏祖国美丽风景

夜已黑风轻拂，灯火阑珊映长江壮阔
面面红旗飘动，心中默念我爱你中国

人群熙攘来往，红歌声响彻在商场里
广场人声鼎沸，红裙红舞颂盛世太平

树上水果熟了，红苹果口味清甜香脆
一颗激动的心，陶醉在红彤彤霞光里

自由新诗

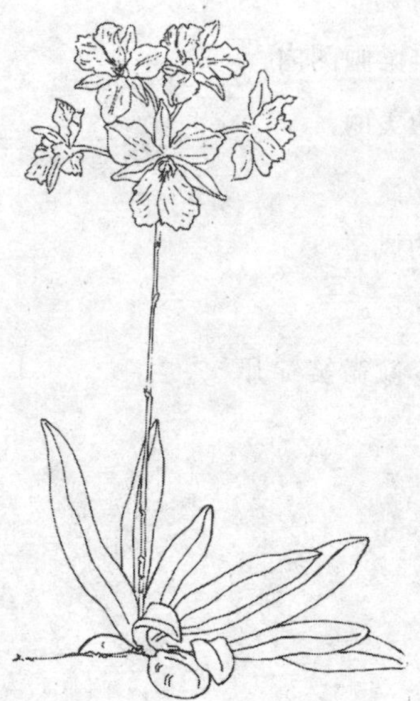

寄友人

（学生时代旧作）

序：五月的一天，我和我的伙伴们同去探访了一位陌生的朋友——陕西三原。

我们是一只只飘扬的风筝
在低空飞翔时就已看见了你
你围着一条绿纱巾
亭亭若柳　　柔曼若仙
闪现在漂亮的楼房内
漫步在流金溢彩的雕梁画阁内
我们不仅惊叹于你的美丽

我们是一只只飘扬的风筝
偶尔放飞在你的土地
看不够你花朵般的容颜微笑绽开
友情的琴弦
伴着五月的风和奏
五月的乐曲
和婉动听
如花气馨香袭人

岁月如缎带款款滑动
拽不住
收也收不回
朋友有相聚也有离别
离别只是为了下次能再聚

西方的天空夕阳如雪
起风了
催促着离人
我们是一只只飘扬的风筝
无论我们飞向何方
清风吹不散
对你的思念

致大海

追赶着风的季节
我们仨来到了你的胸怀

你的碧蓝在渺渺的云海间
盈盈的眸光承载着爱意涟涟
为了一秀风采不顾礁石上白浪滔天
惊喜中挥洒我们不倦的热情
我们仨在漆黑的火山石上跳跃
在白茫茫沙滩边欢呼大海

终于来到了你的胸怀
请你不要拒绝我们的稚嫩
那由于不成熟的步伐而摔伤的手掌
殷红的血流出皮肉破损
我咬咬牙用海水浸湿伤口
当地人说海水是天然的良药
能抚平这犹自疼痛的裂痕

火山岛远远漂在海面

风云掩映慢慢不见容颜
照片中天晴的时光她还很美
浓绿铺岛蓝海碧天
蓬莱仙岛令人浮想联翩

请你不要拒绝我们的热望吧
那座令人魂牵梦萦的开满鲜红的凤凰花的小岛
你清泉般叮咚流转的美妙钢琴曲
你掩映在棕榈树下西洋风格的红色小楼
还有那些陶醉在霞光中的情侣
幸福的微笑流淌在那张张年轻的面庞
随着学子的步伐
定格在我们仨快乐与期望的镜头下

大海哟你蓝得深浓
最难忘你真诚的关爱
抚慰青春迷茫的心走出困惑
是你用博大的胸怀包容曾经的轻浮
沉静的心愿与你再度呼应

请你不要拒绝我们的希冀吧
当海风再次拂面
我们想与你亲切和解
携风而行
愿此心向上

为你的明天倾情喝彩……

蓝意无边的大海啊

你是否已听到了我们仨的呼喊？

致姐姐

花开花落
几度辗转
心中的呼唤
只在隐隐约约中萌生

也许所有的无奈
只是命运的捉弄
也许所有的思念
也会在此一刻凝结
守住云开见日月
幸福才会长相伴

岁月的长河洗去风雨
无情的秋风铸就坚韧
知性的女人
在心灵的深痛中成长
只有心中拥有了阳光
世界才会无限明媚

致朋友

莫叹息，不要让忧愁的
阴影占据你的心灵
去看看春天的姹紫嫣红
体会那生命蓬勃的生机
莫哭泣，不要让伤心的雨滴打湿你的青春
去看看朝霞初升的山峦起伏
起伏的云海正在谱一首优美壮丽的诗歌

别伤心
朋友，你绿树般昂扬的身影只为那正直和青春弯腰
不要理会那些蝉鸣蛙叫
坚强的心
会为自由和人格呐喊
会为光明和阳光奋争

在无垠的草原上驰骋
在碧波万顷的大海边徜徉
在飞来峰的云雾中任思绪飞驰

在自然的洁净温馨中领略灵魂的升华
所有所有的烦忧
只会化为乌有

紫薇入城星星点点入伊美梦

——写给紫薇的生日

夏至的夜风潜行至窗口
拂过她半百的人生半白的头发
窗前的灯光照进她胸口
人生的道路即将开启后半程
多想冲进那烈烈的风雨
痛痛快快无所顾忌地痛哭一场

夜已深星星没有在天空
她不企盼夜风吹动她的梦境
回望那片星空那片原野
原来流泪的心会在雪山草地发疯
爱在皑皑雪山顶上哭泣
春天的桃红映不出秋天的落寞

爱在那个冬天的清晨降临
清澈如水的眸光晃动她的灵魂
如果大地能够领略她的柔情
大地会在潺潺流水中尽情唱歌
如果蓝天能够照亮她的忧愁

蓝天会在脉脉眼光中永葆清波

可是夜风毕竟不解花的言语
一朵清丽的紫薇曾开艳了咸阳夜空
可是商家毕竟不识花的心碎
一袭华裙竟然会到货后却抽衣退去
才人不才唯恐惊扰了世外伊人
紫薇入城星星点点缀满了伊的美梦

你是我平淡生活中的一个传说

空气中弥漫着一股甜香
眼眸中升起了一朵朵红色的朝霞
我想问亲爱的你
你是来自哪片神奇的土地
为什么你的身段那么圆润
为什么你的甜蜜那么浓郁
我想问亲爱的你
你可是从蟠桃园掉入了凡尘
你那粉红的脸庞
为什么是那么令人痴迷
如果不是你的芳华短促
我怎么忍心将你吞咽入肚
愿你的芳泽永存
永远闪耀在天青色的夜空
我只是见证了一个美丽的传说

你的美温暖了一个冬季

一团黑一团白
一抬头一举手
一转身一摇滚
圆滚滚浑如球

既有黑，也有白
黑葡萄般的眼眸
荡漾在水晶般的水里

无须讶异无须惊慌
你正在树枝间眺望
在人们爱慕的眼光中
忽然从树上滑下
轻捷的动作不似
笨笨的体形

几团黑几团白
你们在草地上欢闹
细密的竹叶便是馋人的美食

再滚一圈足以仰望
孩子们的目光

在这个冬日我不再冷
你的美温暖了
一个冬季

母亲，你温暖了梦境

——致敬母亲

站在无垠星空下等待天亮
您，带着月之圆满让梦更香

藏在梦之角落期盼温情
您，脉脉眼光刚刚扫向幼小的心灵

蜷在山野的风口凝望
您，长长的黑辫在风中飘扬

那年，那月，那风，那景
虽隔经年
记忆犹新

您在四月的花香中微笑

——怀念我的父亲

前尘如风
依稀还记得您的叮咛
您宽厚的心随风而游

往事若梦
恍然还看见您慈祥的容颜
您纯净的眼眸在春花中含笑

曾经那么地厌倦您的絮絮叨叨
不知过了多长时间
才学会静心聆听您的教诲

曾经自以为自己是那么高傲
不知过了多长时间
才懂得原来人应活得不卑不亢

总是认为您的外在那么平凡
不经意间发现您的书稿
原来您朴实的外表下

亦有一颗柔软而浪漫的诗心

总是认为您的人生波澜不惊
偶然听同事长辈们谈起
您曾骑马下乡、爬冰卧雪
雪域高原默默奉献数十载
您瘦小病弱的身躯
瞬间变得高大

总是认为岁月不会在您眼前沉沦
却在一次次告别之后
发现了您在晚霞中的憔悴

总是认为奇迹会再次重现
却在春花烂漫的时刻
送走了您的一生

不觉间桃红、柳绿、梨白
人间三月天
又是踏青的季节

让思念随鸟雀翩飞
飞过片片花蕊

致渐行渐远的青春

春的嘴唇刚刚吹开了一枝枝红梅
一夜的急雨便疯狂将她摧残

和风送暖总是不经意染红了花蕾
一树的桃花在努力张开笑脸

春如旧泪空流芳华怎敌岁月之手
一人的痴心让黄昏分外忧愁

一束初绽的红梅令春光乍泄墙头
往日好梦碎在寒夜来临时候

世情薄人情恶病魂仍然长似秋千
花容虽减愿此心依旧伴明月

她许你桃花千年

愿春如细发
渐渐荡起你的桃花
愿春如呼吸
悄悄拨动你的心弦

我曾衔月而来
在晓雨的清晨
鼓动她粉色的笑脸
我曾乘风枝头
用玉露润泽她的心扉
我曾凌空雪山
让天之蓝澈映照她的姣美
我曾浅游河滩
让尼洋河之银浪
轻轻抚慰垂柳万千……

千万别问我她是谁
她的芳名别费心去猜
她挥舞着粉红的纱巾

早已在世上柔媚了千年……

你欠我千年真情
她许你桃花千年……

寻一件华裳让青春回放

密密的绿树丛间
已经找不到一丝的青葱

匝匝的繁花飘红
如何握紧那一季的温柔

雪化成冰凛冽成过往的心伤
那孩童般的笑脸慢慢在天涯淡漠成空

无意撕裂经年的情愁
一袭华裳便可包裹青春的迷茫

流水撷着甜言蜜语逃荒
阳光懒散普照身形之张皇

母乳依然在默默飘香
一个微笑便可消减疲惫与病痛

晨晖已荡净天边的浮云
寻一件心仪的华裳可以让青春回放

你听见风雨中鸟儿扑腾的声音了吗

昨日，太阳和乌云在一起
阳光照亮了乌云
春天已经来临

今日，乌云密布天穹
太阳已然沉隐
春天似乎就要远离

你听见风哭泣了吗
你听见雨在呻吟了吗
你听见风雨中鸟儿扑腾的声音了吗

也许，你并不会听
也许，你更不会看
当夜已深风雨更让人心惊

天光离合之际
鸟儿的双翅皎洁如雪
我忘不了它那双困惑的眼睛

有人说，高山深处下雪了
桃花却开了，粉若霞云
我相信，明日的朝阳升起之时
龙泉的桃花更加璀璨
鸟儿更加欢欣

她的笑容在朝阳下显得那么寂寞

站在这一片牡丹的花丛中
她的笑容在朝阳下显得那么寂寞
原本是想来赏一朵云端的金牡丹
不承想一缕晨光轻轻地将她俘获
她只是一颗挣扎在清晨的朝露
无意争抢千万束阳光的温暖与热情
只是这样莫名地就醉了
让早上的清风送来了牡丹的馨香
只是这样莫名地就哭了
哭泣的声音惊醒了花丛中的小虫
你的脸庞高贵中隐显出冷漠
她的花容光泽已消减在萧瑟的冷秋
不是不想抛开无尽的烦忧
只是轻易地揉碎了心中的骄傲
她不是那牡丹花旁迎风的青草
霞光中浓郁的花香正飘满了山谷

让中国之红温暖这样的一夜春寒

春日里一场花的盛会
灼灼其华点亮了河谷山野
娇艳欲滴浓情了淡薄的人间

风曾经说过
当桃花红遍雅江南北
它便舞动那一片粉色的云霞
织成世上最为动人的裙裳

雨曾经说过
当樱花点亮凤凰湖两岸
它便挥动那一泓天上的瑶池
凝成心中最为痴狂的浪漫

可是风和雨并不知道
明媚的春光中还藏有冬雪的一个秘密
不是想与满庭的春色争宠
一不小心就开成了漫花庄园绝美的神奇

不信你们去千年牡丹园看看
花浴金阳演绎出姹紫嫣红的绚丽
中庭花王如同仙女曳动红绸
演绎一出迷醉众生的千年恋曲

不是不爱龙泉驿的那一片桃红

春风，给予了花的鲜艳
春雨，给予了花的不绝生机
冬雪，孕育了花的一个古老传奇
说不出花中之王先声夺人的红红艳艳
让中国之红温暖这样的一夜春寒
原以为一束红梅便是我的世界
谁知道蜂蝶不会为她沉醉
站在森林公园思念那片油菜花
原来一簇海棠从未伴风周围

不是不爱龙泉驿的那一片桃红
灼灼其华点亮了她的浪漫
可是春风不想挽住花间的芬芳
任由落红如雪在山霭中飘飞
不是不想拥抱金桂沁人的香城
可是止不住的泪水滚落在月下花前
一朵红梅用尽了一生的力气绽开
为什么春风十里不视她为珍贵

看粉霞璀璨了桃花故里的每一人
原来人也可以在仙境住心在红尘飞
总以为真心能够将迷途的人唤回
谁知道一人的执念误了一城春意难归

美人的脸庞映红了端午的朝阳

望着蓝天绽放你的美丽
寻着粽的清香包裹的浓情

一碗冰粉便可拂去她的忧郁
百香果的滋味让人一尝倾心

一颗甜桃便可开启人生的甜美
美人的脸庞映红了端午的朝阳

一缕白发辜负了青春的年华
一袭绿裙飘曳了梦中的倩影

别惊醒，高楼旁的好梦

嗒嗒嗒嗒，高跟鞋踏破午饭时分的寂静
路旁花台，三三两两的民工，正享受
午饭时分的休闲

或者端着饭盒品尝家中的余温
或者两人抵近耳语遍享树荫的凉快
或者，和衣而卧，花台当床

阳光，悄悄地洒下来，对面的高楼已近竣工
小区内的绿化带正在筹建

嗒嗒，嗒嗒，嗒嗒，高跟鞋声已远
别惊醒，高楼旁的好梦

夏夜的雨水诉说着一季的温柔

夏夜的雨水诉说着一季的温柔
初升的太阳映红了天边的云朵

遍开的美人蕉亭亭玉立在路旁
花容带雨红艳娇俏如梦中新娘

穿过你的黑发是我的手
穿过我的白发是你的眼
如此时光流转你是否会在意

当我们，一遍遍走在花开的小径上
我双眸含笑与绿叶黄花合照

当我们，站在川流不息街道旁
与街边镜中的人影静静地凝望

当我们，情不自禁地相视一笑
我在想，是否是因为一件风中的霓裳

夏日荷花别样红

是谁的泪珠滚落在圆圆的碧叶上
是谁的笑靥绽放在璀璨的星空下

让夜晚的风轻轻拂起她的绿裙
让点点星光照亮她粉红的花瓣

欢欣是那住在桂湖边的人家啊
雨后的荷花散发出沁人的芬芳
欢欣是那日日路过桂湖的行人啊
孩子戏耍佳人欢笑构成一幅图画

何不撷半开红莲而浴
凌波绿水而来
让丝丝醉意涌动我们的心海

晨 露

晨露任朝阳抚摸脸庞
在霞光中散尽芬芳
黑枸杞如含珍珠
在谁的唇舌中生香

刚爬上绿叶上
豆大的泪珠随风飘动
天边漾起了一片红晕
那圆圆的身影在慢慢呈现
令人暮思夜想

不觉间
天已大亮阳光万顷
抚摸万物生机荡漾
只是有谁会曾念想
那片片绿叶之上
晶莹的露珠已不知去向

早晨的空气清新异常
一缕彩虹挂在云中央

无　题

在那深邃的眼海中
觅不到的风景
在那紧锁的眉峰间
解不开的谜语

如翻跃的海的浪波
悄悄融入迷茫的心河
如朝阳浑圆的红球刚刚出浴
想扯开这漫天的雾
又如林中晚归的鸟
想要寻一个安宁的窝

流连青城山的人啊您的心在何方漂流

撷几绺清风弥补心中的遗憾
她青青的草地无法留住往昔的风流
青春的山门訇然洞开了几千年
拥挤的人流可留住了尘封已久的时光
她的世界依然是万分流翠泻绿
你的眼眸能否盛放她暗许的浓情芳香
月亮升起时月城湖水拚尽了温柔
雕梁画舫终究是荡漾在浪花中的生动
老君阁横空挥动猎猎飘舞的道旗
环顾四周踌躇的心突然止不住地泪流
流连青城山的人啊您的心在何方漂流

那一丛丛绣球是不是眼睛里的温柔

如果，没有那一瞬的目光相拥
你的绣球，又怎么会抛向我的眼中

如果，今生从来都未曾相识
你的情爱，又怎么会在此处停留

如果，那天没有到过漫花庄园
我的痴心，又怎会变成绣球花诗千万首

不是，那一丛丛绣球不是眼睛里的温柔
如果是，它们为什么会在夏天里泪流

不是，那一串串水晶不是仙女的衣服
如果是，它们怎会遗失在人间却无人拥有

不是，那一缕缕相思不是心中的忧愁
如果是，它们怎会再次点亮新都的一处街口

夏天的风撩拨起的是不是瓶中的旧酒
是与不是，都可以投入绣球花海去畅游

一枝金牡丹穿越时空而来

仿佛走入时光隧道的入口
丹景山下的小店
一束红黄粉相间的牡丹
浴着水珠扑入我们的眼帘

只是今天的我们
坐在了昨日的对面
一桌饭菜有竹笋的清甜
一碗清汤芬芳飘起牡丹的花瓣
瞬间荡起心中的花纹

昨夜的急雨让玉楼子不胜娇羞
绯红的脸庞摇曳起她心底的甜美
风想捉住她妩媚的瞬间
却只有默默扶起她翠绿的衣袂

昨日的风曾刮过丹景红的枝头
让热辣辣的情人在碧野蓝天中相恋
路过的行人都忍不住为之回眸

倾情共舞顾盼生辉启动前世今生之门

一枝金牡丹穿越时空而来
昨日的温暖已定格在金华寺门前
又是谁匍匐在万丈阳光倾泻的瞬间
用力托起红尘滚滚中希望一线

秋 思

在朝阳的辉光中
在晨雾的潮润里
我轻轻掀起雾纱
我悄悄透过光帘——
你，便如清泉喷溢
飞花碎玉

我无法睁开我的眼睛
在有雾的早晨
你
更是一个难解的谜

我随风飘游
秋之金黄以片片落叶与我相戏
我辨不明这秋景
是丰收的麦浪在起伏相撞
还是法国梧桐在操场四方哗哗翻动

我没有停留

没有询问
当你又一次经过
在秋之金黄中
你的身形依旧

你正如那白雾遥远的沙洲
引我翩飞高歌
难以静息

又在夜的清气中
冥想你思索的眼睛
连星星闪烁着
也在为这颗兔子般不平的心
寻找安宁

就让我在这无月的晚上
多数几颗星星吧
她能照我无眠

风的选择

风，拂面而来
掠过我略带伤感的面庞

风，拂面而来
这清风荡漾的季节
让我顿感这清洁灵动的空气
是那么弥足珍贵、令人神往

风，拂面而来
如果你有你的方向
请你一定选择健康、快乐和阳光
用你纯净的目光
洒向世界每一个角落、村庄

风，拂面而来
微微带过一丝怅惘
愿你漂泊的心
与善良的人一起欢畅
明天的风
也将永远清纯芬芳

寻找太阳

多日不见
层层叠叠的秋色引人入胜
飘飞的银杏叶
一样深沉地铺成了厚厚金毯

用心地吃饭喝水
吃药梳洗散步在桂湖旁边
用力地呼吸空气
让自己的心感觉到了存在

寒光闪过的夜晚
生命从至暗回到了暖暖清晨
握紧你的手体会人生
暖汤煨着一碗金灿灿的蛋羹

偶尔的疼痛提醒夜已深
轻轻地躺下抚慰肉体的困顿
我悄悄地揽过月亮星辰
静静地等待太阳再一次启动晨光

轮 回

在秋的昏黄中仰起我的头颅
一片片枯叶纷飞
还抛起一些旧梦
在依依的乐音里
拾捡着那年的最后的几个音符
心在飘飞
蜿蜒而游

随着这深秋的风
在槐的绿荫下寻几许馨幽?
谁知这树下的我
暗夜中
还剩几星残梦

尘世穿梭之生命之光

第一次感觉恍如隔世
在时光之床上穿梭几多

第一次感到生命是自己的
所有的痛苦是别人无法体会的

第一次感受万丈光芒的抚摸
在闭眼的瞬间天地旋即混沌无边

第一次感受到生命之线日趋纤细
所有的坚守抓不住红尘中的一丝真切

第一次相信命运的契合与际会
纵然心含万善之念也难激扬生命的涌泉

风啊请别笑一株在罅隙中生长的小树
迎着初升的太阳满带霞光青枝挂露

不负青春不负卿

你有青春，在清晨的早春
你有美貌，在早春迎接花开

谁不曾青春，聆听春的声音心潮澎湃
谁不负美貌，任春意沉沉随时光飞转

纵有青春和美貌
却在含苞的年龄空抛真心于黄沙漫漫
纵有才情与浪漫
却不分珠玑与渣土在虚空中醉心荒废

再美的花也会在晚春凋谢
再深的情掺些杂质也会变味
别留恋，那朦胧中的诱惑绵绵
别执着，那玄幻的画风在渐渐迷惑纠缠

何不让茶香淡淡扑来
慢慢平静躁动的心弦
何不共携翦翦风
夕阳暖照我心间

是谁打开了记忆之匣

青草铺呈的山坡
豌豆花眨着淡淡的眼波

阳光洒落屋后的竹林
恍然看见您佝偻的身影

山边的那片菜地
似曾有您俩劳作的足迹

油菜花轻轻抖开金色的羽衣
布谷鸟在树丛中吟唱着清音

三十年前的今天
您们还是盛年
而我正值豆蔻

是谁开启了时光的魔盒
让我不想回忆
不想聆听

是谁打开记忆之匣
让我站在春之裙裳上
悲泣

别忘了拼命生长的自我

既然生命如游丝摇曳
何必在意梦之长久
在遥远的山边走来
梦也带着露珠和草茎之味

既然摇曳的生命注定如游丝
何必担心有人在灯蕊上拨弄
在无边的大海走来
身上定会有海风和浪花的气息

我是你五百年前供在佛前的一盏莲灯
早已习惯命若游丝
怕只怕游丝般的生机中
我已找不回拼命生长的自己

是谁拽住了我命运的脚步

又是一个雨季
飘洒的雨已不想有停止的理由

夜之声在窗边呼喊敲打
雨滴揉着睡眼滴落在窗前

前尘往事已远
你我之爱意犹浓

是谁拽住了我命运的脚步
让我在风雨的夜里不知何去何从

站在明暗之间
风吹来夜雨的轻寒

突然转身的瞬间
回望的眼已捕捉不住旧梦沉沉

心若向阳，花不一定开

有没有一种爱
可以让天空永远蔚蓝
有没有一种爱
可以让风雪不再严寒
有没有一种爱
可以让顽疾不再肆虐
有没有一种爱
可以让流水为你停留
有没有一种爱
可以让红梅永远盛开
有没有一种爱
可以让迷失的羊群回来
有没有一种爱
可以让枯树再次绽放光彩

我不知道，我等了很多年
有人说过，心若向阳
处处花开
有人说过，你若盛开

清风自来

可是我还没有等到太阳
我养的花儿何时才会开
你说的清风何时才会来

走进了故乡的景走不进故乡的心

小径，天已昏暗
迷乱的心找不到回家的路

夜雨打湿了记忆中的黄昏
思乡的泪模糊了眼前的视线

时间的车轮载不动游子的心
返乡的人正漫步在岁月的河边

山依旧苍翠，花依然火红
踟蹰的脚步踱不进时光的隧洞

清亮的湖波联系了夜晚的千盏灯火
犹如银河泻落心中一片温柔

走过昨天时至今天仰望明天
走进了故乡的景走不进故乡的心

用尽一生绽开，只为了您回首一瞬

花间一壶酒
想醉美那一个清晨

用尽一生绽开
只为了您回首一瞬
看不清您在风中模样
也许只是荒漠一眼甘泉
流淌的清澈
只是为了思念不会炸裂

花朵映不红脸庞
今生的馥郁已是过往云烟
您在高高的山顶腾飞
蓝澈天空在您心中驻足
皑皑白雪照见过您的欢爱

层层的拥抱
此生此心的浪漫
纵然拥不住一朵花的痴心

也无须在意清晨的流光
让一朵朵玫瑰照见他的青涩

花间可有云和月
人间可有蜜蜜甜甜
纵然时光不语岁月不饶人
愿此心如秋月朗照
秋菊经霜不减人生浓淡

早上，一切都好

早上，穿行在普外七楼
等待阳光一缕一缕爬上寂静
风，悄无声息地流淌
似乎夹杂着女孩悲痛的呜咽

早上，也许没有什么不同
喝水解手可以是人生的奢侈
你的抚慰如清泉让焦灼化开
我的疼痛不定时地掠过晨昏线

早上，静静地等待那股水流浇灌
顺便能喝些粥汤便是人间至美

早上，一切都好
只要阳光允许我扑面而来
我会再次努力拥抱你的温暖

她风华绝代的样子让人倾心

五月应该是还未到来
四月的水浇开了洛阳城的牡丹

她风华绝代的样子让人倾心
一颗显示沧桑的心在静默中沉醉

不能是今世的恶惩戒病痛的人吧
为什么盈盈而开的花明白不了心碎

不该是前世的债惩罚落疾的魂吗
为什么婷婷浴水的红荷会暗暗流泪

穿行在夜半与凌晨之间光影之空
无助的心在肉体与神魂间不停纠缠

一束来自山东的红芍已开在黎明
也许她只是牡丹花娇美身体的替身

可不是既然她来了您爱都爱了吗
为什么您又让她在干渴中兀自枯萎

怜取你的眼前人

时光穿越了青山绿水
她长长的发辫在风中的田野飘飞
谁曾会想到那一日的午后
女人的一生注定与邻村青年纠缠

不是不想留存最美瞬间
也许时光返回那一刻的她是最美
谁会注意到女人脸上的红晕
也许一碗荷包蛋能唤回些许温情

风在那片山坳里吹了很久很久
可能倦了累了也不想拭去女人的泪
她好像是一棵玉立的苞谷
田头路边依然如故地摇动人生

谁知道她的心会不会疼呢
毕竟欢笑的人们不愿体会她的伤悲
孩子孩子她的孩子啊在山村长大
母亲的“菜板肉”照亮了孩子未来的梦

她的面庞也许不是满月
她的身材也许并不袅娜
可是她是一位纯净的少女
是一位拼了全力的母亲

也许，风和雨并不会留情
也许，完美不了世界柔情不了山水
可是，她的世界也会有一世痴心

愿所有真情不再被辜负
愿所有痴心不会冷却成冰
愿岁月不再如露似电
一饭一粥当思其中甘苦
一心一意怜取你的眼前人

爱情啊不要开花

我心中深恋的你啊
你为何不撷一片彩云而来
爱情啊，你不要开花
在这冬雪飘飘的时节

踏着尘土飞扬的小路
在荒山野岭领略这风光无限
我心中牵系的你啊
偎着你
我深恐是好梦一场

一朵花在风中飘摇
你可心疼她

爱情啊，求求你
不要开花……

爱一个人应该比爱一座城累

到底要服用什么样的一颗药丸
才能让锥心的疼痛不再如影随形

风说过花开的时候便过来看一个人
她的身形已经发福夏天不想与她约会

雨说过当夏天扯着绿树与金鱼草花而来
它要在森林公园演奏风雨和天使的圆舞曲

云说过当三角梅又双叒叕开满了每一面墙
它颤抖的心便充溢了无法言说的欢笑与泪水

风随雨而来云随花而开
静静地沉醉在那片蓝天星空下的花海

她说过她不想也不应该再流泪
可是心口的痛与牙龈的疼虚火实火交缠

爱一个人应该比爱一座城累
如果这样她宁愿在晨曦升起时拥抱香城

寻寻觅觅寻找一世的知音

你我总是不期而遇
在暗香浮动的八月桂湖

你的脸庞在阳光下绽放温柔
让清风拂过你飘逸的绣花长裙
看街头一树桂花摇曳金灿灿花蕊
岁月消隐了你我可人的青春

在那片黄土地上我们曾舞动人生
渭河边上芦花丛中到处笑语声声
田田的绿荷再次映入眼帘
浴水而生的红莲风情万种引我入醉

你我再一次牵手共赴这花间的约会
咸阳的夜雨曾经打湿了十八岁
幼年的宿疾让痛楚如银针扎向紫薇
迷茫中你的诗如朝阳打开尘封的心扉

此后经年纵然时光如电

夜黑似幕
你曾经的鼓励恰似万顷美阳
道道划开深不可测的风暴与黑暗

走过了冬季
春天一定能够大胆地到来
在风雨过后的人世间
多少风华绝代都随风而毁
最先挺立的依然是一株小草
她罅隙中的劲骨硬茎
让黑暗在晨光中轰然倒退

愿此后岁月你我安好
花容虽减却依然巧笑嫣然

栀子花开米粽飘香

夜色似水，月色如练
是谁，站在夜色中张望
张望那夜来的清香来自何方

又是一年五月五
人间正端阳
栀子花开米粽飘香

艳阳高照如你暖暖的目光
佳节共庆歌声荡漾
是你我相会此刻情深意长

试想千年时光
飞短流长
唯香粽包裹的思念年年久长

金桂万千舞动香城

以夜为墨，以月亮为砚
以月光为笔，书写我们的诗歌

以天空为画布，以朝霞为五色水彩
挥动秋天的画笔
染亮你走过的每一个清晨

看不清楚秋风的模样
总在渐至的清凉中拥抱她
可能她长着一张金色的脸庞
不经意间点染了美丽的香城
如同一个金色流淌的美梦

分不清楚是什么花的香气
总在这样的一个醉美的黄昏
不知不觉地扑入了我们的心胸
应该是那千万朵的金桂舞动秋天
瞬间馥郁了一个律动的香城

寻找诗城之门

一块情石上镌刻了刘禹锡的第一情诗
你站在旁边任思绪纷飞直到大唐盛世

一株三角梅凝聚了诗城千年的思念
我依在侧面任红绸飘扬直到碧水蓝天

向晚的风吹不尽天空彩云片片
渡口的船送不走历史的风烟层层

鱼庄黄焖的鲶鱼瞬间浓郁了嘴唇
元红的橙汁甜蜜了你我干渴的心田

城楼上的灯火照亮了古今时空隧道
码头的渡船述说着一个个神奇的故事

城墙上龙飞凤舞的诗句揭开了诗城之门
我看见诗仙太白一袭银袍仙气翩翩而来
诗香浓烈长江滚滚诗心涨满了待启风帆

五桂“樱”你而快乐

日复一日年复一年
你痴痴盼望的春天到了
可是曾经的燕瘦早已不见
面容也许依旧身形已然环肥

春天的花朵灼灼盛开
如同绵长的相思依然存旧梦中
谁能告诉你往日记忆已成空
谁人让你嘤嘤哭泣风雨浓
樱花才谢，樱桃又红
是樱桃红了你的笑容
还是她“樱”你而红

谁说过东山再起便相见
执子之手共赴红红翠翠之约
看满山樱桃红遍枝头挂满了苍穹
她已“樱”你而红，五桂将“樱”你而快乐

让心随风飞入你高阁

我选择了风，风却选择了花
我选择了云，云却选择了雨
我选择了山，山却选择了水
我选择了雪，雪却选择了冬
我选择了马，马却选择了草
是我的错，还是风的错
我只是喜欢涂抹一些不完美的鸦画
你却再也不看将它一顺束入你高阁

风追逐花去了
云追逐雨去了
山追随水去了
雪与冬天约会了
马儿正在那片望不到边的原野吃草
我有什么可以悲哀的一切顺理成章

不是每朵花都肯为你绽开

博大世界满眼繁华
不是每朵花都肯为你绽开
风有风的方向
云有云的迷茫

如果为失去一滴水珠而哭泣
你会失去整片海洋
如果为失去一片树叶而懊恼
你将失去整个森林

可你为何执迷？
你可知道
丰厚自己远比艳羡别人更有魅力

你的琴声里回旋着忧郁
你的痴恋让周围的空气窒息
可是，你可知道
你的身后还有多少双爱你的目光

你不会听到她的心在破碎

一朵深红色的玫瑰
浅浅地摇曳在窗前的花盆
你没有在乎过她的绽开
像一个无关的路人

她没有说过什么期盼
静静地守住一瓶水的滋润
你不会听到她的心在破碎
似一个不赏花的农人

轻轻的风从来不想说什么
只是莫名地就覆上了花的蕊
昏暗灯光下她可能在饮酒而醉
如一个心比荒漠的才人

别用轻飘的言语戳伤花心
她的热情会在夏日冰雪中消尽
慌乱中她已经收回了爱之羽衣
你的冷酷让玫瑰不为康乃馨倾心

怎么了今晚的肉丝面酸得难以下咽

莴笋叶漂在边油汤上
银丝样细腻面条入口滑润

她坐在黑色的八仙桌旁
任晚来的风掀动她白色碎花裙角

到屋前的菜地摘些蒜苗
小小的她紧紧跟在外公蓝布衣后

到屋后的竹林刮些柴火
她心怀痴念看光影叠在外婆的脸上

看不清了山坡上的花生熟了
水田的稻穗金灿灿沉淀在了她心头

看不清了山垭口的柏树枯了
水田的鲫鱼又双叒叕跳跃出了她眼眸

老屋仍然站在院子里缺了半边角

她的衣裳华美青丝千缕已覆白雪片片

怎么了今晚的肉丝面酸得难以下咽

风中的承诺太虚伪

有些时候
人，真的很无力
无力得有些抓狂

有些时候
梦，真的不开花
枯萎的心已入风尘

有些时候
心，真的有些疼
痴妄的我还在昨日狂奔

是不是有些傻
傻得可以将雪揉进梦里
是不是有些真
真的不愿直视一丁点伤害

就这样莫名地醉了
虽然没有饮过一杯浓酒

就这样无端地哭了
这个世界有风有雨有雪
只是风中的承诺太虚伪

饱满如二月桃花

饱满如二月桃花
蜜蜂飞来畅饮她的甘露
轻轻地啜饮
她如风中花瓣慢慢萎缩
在雨季的天空反侧辗转
看不见她的星海已黯淡
早春的树叶衬托娇媚无限
在田野在灯下躁动着艳光之环
渐渐地麻木在那条河边
任枯草漫过桥上的青石路面
慢慢地已醉了在春将来临之前
任罗裙飘去无心再饰旧日容颜
风啊请不要搅扰一个落寞的人
让花如清酒慢慢入香淡泊成彩

最是那一低头的温柔

她，随意扯一绺红绸
挂在那一处屋顶的空落
虽是不经意为之
却是一抹挡不住的温柔

她，跳跃着进入我的视线
原本无意阻止我的脚步
虽不是刻意为之
应是一片遮不住的霞红

微风的街头人影绰绰
你们携手穿过斑马线
好像是穿越火线的战友啊
谁可以不停步看看你们的热情

似街头这枝不愿沉默的三角梅
红红火火夭夭灼灼
刹那之间
开满了新城市的街口

最是那一低头的温柔

已不胜一株三角梅的娇羞

风想要告诉我什么真相

风想要告诉我什么真相
不愿看见你沉沦
沉沦于过去的千般幻象

雨想要告诉我什么秘密
不忍看见你沉湎
沉湎于声色光影的蛛网

云想要告诉我什么故事
当千帆过尽之后
留下的背影你是否遗忘

海想要告诉我什么心语
当浪花拍上脸庞
身旁的玫瑰她也有芬芳

我已十分迷惘
走在人来人往的街道上
人们的目光离不开方砖

游走的心灵
沉醉在秋天的画卷上
不想不愿不忍见你沉沦
当风拂过金菊的花心
一瓣瓣金叶颤动
仿佛是我心碎的眼光

意　象

在一片飞溅的浪沫中
我挽着了你
风的翅膀
我又好像是在拾着一些珠贝
等我欲揣入怀时
它却化成晶亮的水珠
悄然落下
消逝得无影无踪

但现在
我已挽住了你啊
风的臂膀
你为何不把我带得更远点儿
为何要把我旋转在这海边咆哮
请一定一定走远点儿啊
我要入了海的怀抱畅游

日 夜

白日不能倾诉的
夜里全化为一杯醇酒
浓烈

又好似在光耀下
睁着熟睡的眼
又似在彩色的夜雾里
品着浓醇的酒

那温馨的逼人的气息
仍那么深
那么持久地贯穿了魂灵

可恨的是雄鸡呀
你敲碎了杯

溢香的酒液呀
泼洒了满满一地……

冬日红曲

在天光熠熠的雪海中逐浪
在青松环抱中结成我今夜的摇篮
在笑语飞跌中编织我无怨的青春
在天边的红晕中寻梦
而你 便是我今夜的琴弦

随着这雪后冻结的小径缓行
任夜雾蒙蒙在暗树中缠绕
任灯光昏黄
拉长我的背影

随着这晶茫的夜景漪洄
任北风亲吻干涩的双唇
任恋曲苍幽
飘过黄土高坡

随着这冬的冷峭
期待春的娇秀
甩一绺长发

系结旧日星痕

随着这清气的馨幽
要点燃心烛红焰
入梦的深处逡巡

爱的迷惑

爱是一种毒
明知危险却又滞留
爱是一种错
刚刚醒来，却又睡着……

在有梦的早晨
笑看流霞抚遍海边山巅
在无雨的夜晚
静听那欢歌舞步飘过湖波漫漫

笑着唱着跳跃着
轻挽着手心的热
落泪又擦干风抚脸庞
心静无言

那妩媚的花儿又开了吧
或许是明眸善睐
或许是婀娜颀长
不要再尝试这心的深海

三千繁华已过

爱的咖啡方糖已入

苦中有甜甜中带苦

在那遥远的小山村

我的外婆、外公
他们
住在那青绿的小山坡下

朝阳初升时
他们最先拨开这蒙蒙的晨雾
在炊烟袅袅、扑鼻饭香中
翻开新一天的劳动诗篇

这一天的生活在汗水中浸泡
春华秋实却令人喜笑
连枝间小鸟也在啾啾鸣诉
这艰辛这汗水这苦这甜

失意的朋友
如果你看看那烈日下
青纱帐
隐现的身影
如果你看看大风中山冈上

豆子地里
两位老人弯腰的身形

你疲倦中叹息的心
总会感受到什么
或许是柔情
或许是一股春潮
汩汩流淌
永难静息

她的芬芳飘满了您我的心海

她，从记忆中走来
掠过我感动的心怀
一步步带来满满的怜爱

她，是唐古拉山顶的雪莲
优美地绽放在皑皑白雪之怀
一朵朵开出了深深的眷恋

她，是纳木错湖畔的牦牛
雪白的身躯映照着蓝水碧天
一匹匹洋溢着暖暖的关怀

她，是巴松措湖面的小岛
碧玉般地漂浮在澄澈的水中
一阵阵散发出诱人的光彩

她，是尼洋河两岸的桃花
痴情地守候在流光溢彩的河边
一年年红艳了林芝的春天

她，是千年酿就的一壶葡萄酒
浓郁的芬芳早已飘满了您我的心海
一代代沉醉其中不愿意醒来

母心似冰

母心似冰
当雅江的水滔滔而去
尼洋河的水尚未泛着春阳点点

说过了不流泪的
昔日的泪河已干成茧
却让枕头浸湿如冬雨飘袭

你的冷语刺痛了半夜的时间
让女人的白发更添了几分忧虑
止不住的寒冷席卷了她期盼的心

母心似水
当南迦巴瓦春雪消融之际
灼灼的桃花映红了卓玛的笑容

说过了不后悔的
往事历历在目你的乳牙洁白
草地上奔跑的孩童向我伸出暖手

母心似冰
喜马拉雅山已被大雪覆盖经年
是否会有一朵雪莲在日月神光中呈现

我一心向善
一念成痴
期盼着金阳流光
让心中坚冰化成涓涓春水

在桂湖边等待着一场美丽的遇见

天空阴沉，细雨淅沥
是谁在湖边流连
弹奏着似曾熟悉的乐曲

好像看见记忆中的佳人
倚着银白色的栏杆
等待着一场美丽的遇见
蔷薇花开在相聚的岁月

好像看见初次相逢的时刻
他们凝眸相望对视无言
期盼着青春长驻
向往着此心永恒

盈盈的湖水映照着痴心一颗
飞翔的白鹭惊艳了红尘
经历了多少岁月
她与他相遇在桂湖

桂湖秋语

金桂飘舞曳一地长裙
风吹树梢送满城清香

你站在那青灰石砖的古城墙边
留影
任路人侧目却依然故我
沉醉在如此的骄阳下
却不愿掩饰内心的激荡

你站在那碧波涟涟的湖水旁
梳妆
任小鸟在路边追逐
流连在这如诗的画廊
却不想阻挡脚步的慌张

看眼前碧波徐徐涌向胸怀
看连片碧荷柔柔滑入眼帘
听清清秋风吹动秋的音符
听恋恋秋色送来花的芳香

你站在如此碧波漾漾的芳香之湖
沉醉
你一遍遍追寻先人的目光
让圣人的哲思伟训再次丰盈
你干渴的心房

清晨跃动桂湖水

是谁用画笔将路边的银杏树点染
一树的金光灿烂，随微风轻摆
一地的烂漫金叶，似长裙拖曳

是谁用水彩将冬日的蜡梅花描绘
柔嫩的黄色花瓣，在枝头出彩
芳香的气息，在空气中沉醉

是谁用碧玉将一泓湖水镶嵌
柔美的桂湖水波，在清晨跃动
纯净的心田，在轻轻诉说眷恋

我轻轻漫步在这座风光旖旎的城市
止不住的思念渲染了浓情的岁月

雪域军人的大爱

曾几何时，
雪峰皑皑，
阻不断你的思念；
曾几何时，
漫漫边关，
留下了你不倦的脚步；
曾几何时，
门巴乡寨感受了你医者的良善；
疟疾不再肆虐，
你亲手配药打针，
退去几日高烧，
老人重获新生；
在医药短缺的关口，
门巴女子难产，
生命垂危，你不畏风险，
亲手为她灌下热腾腾的中药，
母子终于平安！

曾几何时，

你路过家门，
几次都未回头看看，
她和孩子默默关注你的平安；
曾几何时，
你在外工作无法返家，
她弱弱病骨，
床上撑起为孩子做饭；

曾几何时，
你荣立军功喜得晋升，
她和孩子在军旗下为你呐喊！
漫漫岁月，往事走远，
不变的是亲情，
永恒的是大爱；
行走在牛背一样光溜的山脊之上，
远望群山浩瀚；
每一步艰辛，
每一滴汗水，
托起共和国的星光灿烂……

七夕，他们的爱跨越了多雄拉山

七夕雨飘洒的时候
他站在鹊桥的那一头
满怀欣喜向她走来

七夕雨飘洒的时候
她站在鹊桥的这一头
张开双臂扑向他的胸怀

曾经分别在苹果红了的秋天
他们在雅江边执手相握
静听江水滔滔流向远方的边防

曾经辗转在多少不眠的夜晚
他忙于救治墨脱官兵与百姓
她忙于为林芝建设摇旗呐喊
他们在信上互相鼓励
靠进出墨脱的民工和军人
传递坚贞与思念

当寒风奔袭、相思阻挡在
多雄拉山口的皑皑白雪
他们在通信电台大声呼喊
两颗滚荡的心靠电波紧紧联结

当阳光普照、积雪消融的时刻
波墨公路像鹊桥跨越了多雄拉山
他与她终于相聚，倾情拥抱在雪域天籁

迎你在军港

送你在月下
月华似水离人泪尽
衣裙飘飘紫荆花开

送你在站台
回望的眼穿不透车窗
飞驰的心追不上车轮

送你在军港
我们仨再度别离
蓝色的海洋便是你驰骋的
疆场

寂静的夜里铃声响起
摇篮曲声和着你的叮咛
别惦念
孩子甜美的笑
映着月光温馨

当南海风烟又起
你义无反顾投入挑战
肩挑军人使命
我在心里默默祈祷你
胜利返航
孩子在灯下疾书
我们仨心心相系

盼你千万个日夜
梦见仨人同行
今日你解甲归田
同样是喜是喜

迎你在海港
迎你在家乡
莫过于那句久藏的
“欢迎老公光荣回家”

金辉的光芒可不可以照亮清晨

金辉的光芒可不可以照亮清晨
迷惘的心行走在一个褪色的空间
仿佛风雨中吹皱的一泓湖水
已然混浊
卡罗拉的眼神有些无力而慌张
堆霜的鬓角留不住半百人生的青春
恰似碧荷遮住了红莲的心声
倾力绽放却无法避免忧伤
突然蜷缩在时间的虹桥上
不知道人生的出路开启在何方
夜很深，雨有些薄凉
为何倾心相对换来的是荒唐
轻捻时光，慢拢惆怅
愿能驱散黑暗早见心中暖阳

让梨花不再带雨桃花灼灼地开

是不是有一颗心
热起来是一枝桃花
静下来是一树梨花

不容置疑的是
无边的桃红妩媚了春天
清秀的梨花纯净了山川

是不是有一种爱
可以让人忘记所有的伤害
梨花不再带雨桃花灼灼地开

难以接受的是
深深的眷恋留不住春花璀璨
眼中的世界不再是绿瘦红肥

是不是有一个人
可以让春花永远开在心中不败
不知道春雨绵绵的香城
何时能读懂一位女子最初的心怀

风雨中的红荷

一束玫瑰要经过多长的黑夜
才能在晨光中苏醒后淡开如彩

一枝红荷要在黑暗中潜行多少天
才有田田荷叶之上崭露红颜的时刻

风来了说要在这两天拂去蓉城暑热
雨来了挥挥手便降下了铺天盖地的雨水

是谁让燥热的心瞬间清凉似水
不承想昨日风雨让多少花花容失色

那一日盛开在荷塘的莲花
是否还在红尘中痴痴地等待

有人看见了她的美
却看不到她的泪
有人记住了她的脸
却记不住她的根

紫藤花的新都梦

那一年，你轻划小舟
轻易地就驻进了我的心房

那一天，你悄露微笑
便将一生的爱恋写进了紫藤
那一刻，紫藤花影撩人眼波
花有花的妩媚，藤有藤的虬劲
藤花相拥便注定了今生的缘分
那一瞬，你摇动所有的紫藤花
不为了贪恋芳华公园的春天
只是为了在花香弥漫的时刻
为我许下一个不再心忧的誓言

那一眼，我回眸一笑与花争媚
无意间将真情写入了紫藤花串串
当紫藤花再次开满了长廊
我的心事已付给无限春风
愿乡村振兴如紫藤花般绽放
紫气东来泽润富足新都一方

白雪少年将温暖冬季

蒙蒙的雨雾遮住了前行的路
冷冷的风吹拂额前如霜发丝飘动

总想撕开夜暗中的迷惘
让千万缕阳光迎面而来扑入你的心房
你的清澈眼眸永远是我心中向往
那样的纯净恍若高原无垠的蓝天

这个冬天雨水一直寒冷
真的好想下一场大雪
让雪的白纯净世间的黑

长路漫漫冷雨冻心
愿你及早回首
白雪少年将温暖冬季

让玉米的琼浆滚落四面八方

他，站在傍晚的街市
阳光在他的身体上留下
黢黑的皮肤，焦灼的模样
让他脚下一堆奶白色的玉米
有些不忍直视他的胸膛

六根玉米，确切地说
不是六根而是饱满的七根
递到我们的手上
扫码付钱不足九元的钱
让我们的手，如何抚平他的
皮肤的晒伤，穿行玉米地的慌忙

我们急急忙忙地转身
不再回望他的眼中是否放出光芒
其实，可能，也许
他只是我童年记忆中的平常
有多少玉米的甜
就有多少农村人在阳光下的奔忙

也许，他正站在街头的霞光中微笑
明天，他可能会依然站在此处
让玉米的琼浆滚落四面八方

今年的玉米长得很好
足以撑饱我饿过的肚皮
端午，确实是玉米成熟的日子
轻轻松松就让我醉在玉米地里

但愿，每一天的清晨阳光分外温柔

夜，渐渐地深了
我听到了自己呼吸的声音
多年前的那个黑夜
让我止不住地颤抖
纵然是天空蔚蓝
也止不住夜色似墨般漆黑

人间，活在人间的花
看不见自己颓废的身影
听不到心中澎湃的青春激情
站在那一个高高在上的山冈
回头。望不见来路
向前，看不清前程何处

谁知道，那是一段什么岁月
所谓的童年的乐趣
在一片玉米地的丰硕里
浸润了一个人的青葱
也许，饥饿比人的傲气更重

夜如墨，一直分不清前路
一个人的追求很累很渴很饿
好想，好想，看见一缕月光似水
照亮那一段村口的路
但愿，每一天的清晨阳光分外温柔
抚平一个迷途之人的心痛